La canción del cambio

Himno para niños

Palabras por
Amanda Gorman

traducido por **Jasminne Mendez**

Ilustrado por
Loren Long

VIKING

Escucho el zumbido del cambio.
Es una ruidosa y orgullosa canción.

No temo la llegada del cambio
y por eso canto con gran pasión.

Tiro un grito al cielo
hecho de serpentinas rojas y azules.

Escucho gritos en mis sueños
de los verdaderos soñadores.

Soy un canto que resuena y salta.

Donde mi cambio canta hay esperanza.

Aunque algunos no comprendan
las molinas de viento misteriosas,

yo canto con todo el planeta
y las colinas hechas de su historia.

Junto a cien corazones tarareo.
Juntos caminamos de la mano.

Con mi fuerza y fe todo lo puedo.
Arrodillada y firme a todos lo levanto.

Soy brillante como la luz de cada día.

Donde mi cambio canta hay amor y alegría.

Intento siempre mostrar tolerancia.
Pero a veces necesito encontrar el valor.

No levantaré una cerca más alta.

Lucho por construir un puente mejor.

No hablo solo de los lugares recorridos

y de donde y como nosotros llegamos.

También viajo por el camino
de las diferencias
para mostrar que somos iguales
todos los seres humanos.

Soy un movimiento que ruge y salta.
Existe una ola donde mi cambio canta.

¿Dónde canta el cambio? ¡Aquí! ¡Dentro de mi!

Porque yo soy el cambio que debe de existir.

Yo crezco, y el cambio brota como semillas.

Yo soy exactamente lo que el mundo necesita.

Yo soy la voz donde la libertad resuena.
Tú eres el amor que tu corazón iluminante espera.

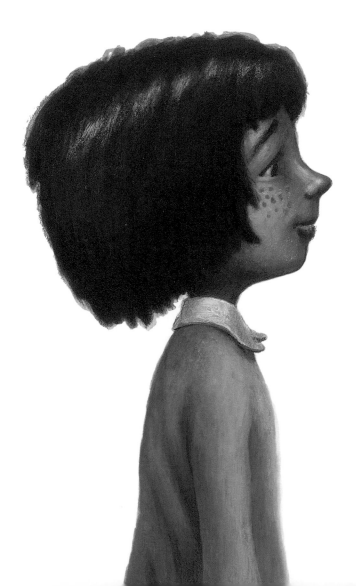

Somos las olas que saltan.
Somos el cambio que canta.

Somos el mundo que se está formando.
Sabemos que ya será muy pronto.

Escucha el cambio rasgueando.

¿Por qué no cantas con nosotros?

Para mi mamá,
quien siempre creyó en mi voz.
—AG

Para Tracy,
quien es una parte vital de mi trabajo.
—LL

VIKING

An imprint of Penguin Random House LLC, New York

First published in the United States of America by Viking, an imprint of Penguin Random House LLC, 2021

Text copyright © 2021 by Amanda Gorman

Translation copyright © 2022 by Penguin Random House LLC

Art copyright © 2021 by Loren Long

Original English title: *Change Sings*

Visit us online at penguinrandomhouse.com.

Library of Congress Cataloging-in-Publication Data is available.

Manufactured in China

ISBN 9780593527313

1   3   5   7   9   10   8   6   4   2

TOPL

Design by Jim Hoover   Text set in Moranga and Quacker

The art for this book was created by hand on illustration board, using acrylics and colored pencil.